気息

Yamauchi Setsuko

山内節子句集

ふらんす堂

気息＊目次

第一章　福多味　5
第二章　名草の芽　53
第三章　ユダの木の花　83
第四章　後の雛　113
第五章　寄り鯨　157
あとがき

句集 気息

第一章
福多味

平成二十五年

振《ぶり》振《ぶり》に描くすこやかな山河かな

嫁が君恵比須扇の箱を引く

杣道に竹を伐り出す雪間かな

欠け落ちし仏を寝かせ春の山

下の子のぐづり出したる雛納

さへづりの数理解析研究棟

地下街を鳩紛れ飛ぶ三鬼の忌

ぶらんこの空の深さに泣き出せり

南大門跡を見所に薪能

掌をしのぐ朴の葉旧端午

水番表六人の姓みな違ふ

桐の木に馬子も憩へり冷し馬

崇徳上皇配流地讃岐に八十蘇場てふ泉あれば

玉体を三七日《みなぬか》浸けし泉とぞ

廻し水して古代蓮咲かせゐる

弔問の客の小声も夜の秋

くすくすちゃんにこにこちゃんも山椒魚

唐崎に待つと伝へて小望月

龍穴に日当り秋の河鹿鳴く

骨山と呼ばるる岬鷹渡る

雪吊をして幼木も松の格

二番穂の色づきゐたり小白鳥

枯蓮のひと鉢づつの空の色

土笛は達磨のかたち小六月

煮凝や庇をあまた星過り

麴花ちち色に溶け蕪鮓

門松の下知飛ばしゐる鳶頭

平成二十六年

名にし負ふ古書を年玉にもらふ

鰭酒の湯呑に口を当てられず

鹿の角戸口に掛けて氷魚汲む

温室に雪暮れの空ありにけり

笑ひ声ラジオからして牡蠣剝女

椿咲く潮目潮目の輝きに

雛あられ子のそれぞれに好きな数

人垣の中に和尚も鶏合

悼　藤本安騎生先生

初花の難波にもどる骨仏

坊門の二階も桟敷練供養

永訣の墨書涼しき百日忌

牛舎の灯落しくれたる蛍かな

人見知りいまだ治らずレース編む

尾にて鮎捕るくちなはも熊野なる

黄菅野の真中に噴火避難壕

獅子頭据ゑて百物語かな

水澄むや忌明けのもののよく燃えて

川なりに道の曲りて秋桜

巌頭に城砦見ゆるぶだう畑

ハイデルベルク大学

秋冷の学生牢に残る文字

青北風や菱の若き実打ち上がり

湖北へとよき松続く花野道

ひと叢の雲もなき空雁のころ
笹鳴や人住まざれば家朽ちて

小春日や伊勢代参の祈祷汁

画鋲増やして極月の掲示板

手をつなぎ歌ふ星と木聖夜劇

福多味の熟れて糸ひく雪催

平成二十七年

雪被りゐたる高野山《かうやさん》の名刺受

まづ帽子取りて礼帳開きけり

船呼ばひせる声太き恵方道

春駒の先導したる鯛の輿

地を叩きゐる待春の子どもかな

つちふるや河岸に構へる結納屋

踏青の杖の歩みに歩を合はせ

涅槃図の裾のつづきに集ひけり

革靴のきれいに並ぶ花筵
種紙の青みて雨の降り続く

谷の名に佳き字をあてて山桜

農小屋の中に地炉ある種下し

炭窯の崩れし屋根に雉子乗り

長雨のおかげよと言ふ遅桜

命綱つけ切岸の草を刈る

晶子忌の空に燕の一番子

欠くるところなき掛鯛を下しけり
あつぱつぱ孕みたるかとまた問はれ

水小さしとふ鮎釣の一大事

ビル風に乗り来る二階囃かな

シュヴァルツヴァルト

牧童の牛追ふ声や雹過ぐる

木の股に靴を脱ぎ置きハンモック

校庭を迂回路とせり宵祭

小硯を洗ひ旅荷に加へけり

梅花藻の流れに解夏の足浸す

八月の城壁に沿ふ石畳

鼻すぢにドーラン塗りて踊りけり

二業地の灯り小さし十三夜

七五三なまづの張り子撫でてゆく

沢音の真下に鳴れる枇杷の花

丸鍋の主役のやうな豆腐かな

波郷忌の首に手拭巻きゐたり

高千穂の闇をまとひて神楽舞ふ

神々の面テを打ちて干菜汁

耀映と海に日のある冬至かな

藤蔓を裂き束ねたる年の梢

第二章

名草の芽

平成二十八年

観客と準備体操出初式

よなどりの景気よく跳ね小年越

野施行の小豆飯のる椿の葉

葱三本てふ雪形も消えにけり

草肥にするだけといふ種を蒔く
治聾酒を酌む大声をさまたげず

自画像の母は若くて桃の花

重ねたるひかりの衣甘茶仏

礼装の男らが行く春田かな

筍や神籬の崖よぢのぼり

白神山地　二句

又鬼《またぎ》小屋訪うて若葉の花に会ふ

一万年前の火口や薬狩

桐咲くや産湯に汲みし一の沢

飼ふごとく鴉ならして金魚売

昼は灯を消してやりけり熱帯魚

朝顔の苗を預けて渡航せり

みづうみの沖の明るき半夏生

鮎案山子着るだぶだぶの雨合羽

鉾の稚児紅の手甲の手を委ね

大寺の湯屋見下せる松手入

うたた寝の妻を起こさず温め酒

四阿に銅鑼の響きて紅葉の賀

どぶろくのどんぶり鉢に月揺れて
狐火を見しこと今も自慢せり

番小屋のチョーク真つ新鶴を待つ

空近き宮に嫁ぎて神楽笛

平成二十九年

船を乗り継ぎて避寒の島に着く

初声は島の雉子でありにけり

勅題にかなふ春著を誂ふる

寒念仏喜撰が庵のあたりより

中村安秀先生

満席の最終講義名草の芽

家移りのひと間を直ぐに雛にあく

飾り馬曳き立ててゆく春の山

蜂飼の渡り来てゐる橡の花

手放すと決めし生家のさくらかな

子福者にはじまる家系蓬餅

自己紹介手早く済ませ花莚

嵯峨の竹植ゑて歌仙を巻きゐたり

皆伐の山肌を這ひ夏の霧

上流は瀬切れおこして鮎の川

摘まれたる青酸漿の成長点

すぐ母に知れる子の嘘肉桂水

金魚玉かはりばんこに弟抱き

香水をまとうて来たる夜会巻

出航のテープを握る白日傘

ともづなを解けばこぼれて夜光虫

小諸小山家

大虚子を店子としたる稲穂波

明石もんなら尾花蛸買ふことに

図書館の木の床匂ふ初時雨

赤旗のビラ束抱へ三の酉

敷物の毛皮片づけ僧迎ふ

掛大根おっぱい山を真向ひに

おっぱい山は二上山のこと

崖上の落葉降り来る畑かな

海に日の沈む早さやクリスマス

第三章　ユダの木の花

平成三十年

豆回し来鳴ける日差し若菜摘む

独楽廻るかくも心棒すり減らし

ふるさとの話も少し寒見舞

鳥つぶて入る春寒の竹林

父祖の地に槻の苗木を植ゑにけり

峠まだ雪残れると雛荒し

春の土つけて河内の矢《や》あ《あ》ごんぼ

繋留の漁船混み合ふ花まつり

間道は別墅に通じ草苺

早苗饗の上座に坐る少女かな

上壽茶壽皇壽も記し夏祓

手入れよきホテルの崖の夏蕨

炎帝に白旗掲げ籠りけり

整然と死者の名並ぶ書を曝す

山神の幣新しきキャンプ場

岩魚釣る万年雪を魚籠に足し

蟇の子や池塘に山の日の届き

若しかして地獄耳かも半裂は

ブロッケン山

ウォッカ呷りて御来迎待ちゐたり

白風やフランス窓は海に向き

日輪を飲み込んでゆく鰯雲

広がれる氾濫原や葛の花

糸瓜忌のへちまに忌《いや》地《ぢ》兆したる

障子糊作ると曼珠沙華を掘る

自転車も魚礁となりて鯊の潮

逆しまの照るてる坊主柚餅子干す

平成三十一年・令和元年

若水を汲みて山家を守り継ぐ

注連飾してゐてここも空家なる

餅間や真鯛の粗で出汁をとり

潮騒に闇ふくれゐて寒昴

牛小屋は日当りよくて寒紅梅

矗《ちく》々《ちく》と葉牡丹の芯育ちゆく

踏青の丘の大きなすべり台

卒業や一度はみんな島を出て

熱の子の寝間に活けたり桃柳

午後からは雨になるらし野火放つ

蜂巣箱棚田四五枚下りたれば

堰音のとどろく男綱辛夷咲く

トルコ　四句

湧くやうに飛ぶ海峡の柳絮かな

永日の車座になる水パイプ

柳絨の床に額づき祈る人
ユダの木の花のこぼれて聖五月

畦に藁敷きて置きたる余り苗

釣堀の客に出前の届きたる

しばらくは足投げだして冷し飴

風鈴の鳴りて雨脚強くなる

汗の子を抱きとり席を空けくるる

三伏の神々多き山に入る

山上のレスキューポイント夏茜

最澄の山の続きの花野かな

粘菌にくづれてゐたり毒茸

虫の音の中に揚げたる救助艇

粥の椀持参してをり十夜婆

きのふまで葭稲架組める時雨かな

第四章　後の雛

令和二年

宝船積み荷に色を施さず

人混みを怖るる鹿も松の内

春望の烽火山より狼煙山

先生に摘む初物の蕗の薹

桐箪笥洗ひにかけて雛の間

百畳のかるた道場卒業す

築山に組める漏刻松の芯

囀や千古の地層見ゆる崖

搔膝の小さき木像花の雨

田楽や在所の口の大水車

休園のいつまで続くチューリップ

真後ろに死神のゐる朧かな

種売に明日の天気を聞いてをり

退院の目途のたちたる残花かな

をだまきや絹糸のやうな山の雨

赫々と台木の芽吹く牡丹かな

競馬場来賓室のパナマ帽

新調の麻の背広の馬主かな

参道のすなはち馬場の桐の花

峯入りの前夜の星の大きさよ

福生

基地の町鮎解禁のビラを貼る

塹壕の崖滴れり沖縄忌

梅干して日当りのよき矢取道

雨太りしたる茅の輪を潜りけり

忌み事の続いてゐたる衣紋竹
鉾町に比古を知る人ゐなくなり

母が家は大暑の風のよく通り

西日いま子らの背にある紙芝居

此君の雫をぬぐひ星迎

刺鯖や杉の美林の峠越え

窓あけて松籟を聞く後の雛

嫁ぎゆく子を真ん中に月今宵

月影に跳ねて小鮎の落ちゆけり

亀通り過ぎたる後の虫の声

ひよんの笛振ればさらさら砂の出て
刈田道来て葭倉につきあたる

山の日に追ひたてられて亥の子突

夜晒しにされ鷹匠の鷹となる

白足袋の二階に上がる早さかな

霊園に花屋が三つ冬あたたか

病僧の這ひ出て来たる煤払

門松の立ちたる午後のピアノかな

令和三年

上ミ京は若菜迎への雪となり

引抜の変化に沸きて二の替

病院の裏門を出て福詣

寒餅を焼きくれ婆は聞き上手

緞通に置くもてなしの薪かな

放生は二寸たらずの寒どぢやう

目の前に釈迦の喉《のんど》や涅槃変

流觴の流れうながす稚児の竿

種袋在校生に託さるる

陶土打つ杵の響けり蕗の薹

利休忌の菜の花色の月の暈

空耳かと思へば雉のふた声め

この村を離るる気なし野蒜摘む

后の身写す観音御開帳

発掘のテント立ちたる桜かな

花の山ぬうてスクールバス来たる

巣蜂らし阿形の口を飛び出すは

分流は禅林に入る堰浚へ

二つ三つ実梅の落ちて鯉しづか

庭詰の額づく先の蟻地獄

裏打ちの和紙も飴色籐筵

ハンカチを握り診察台にのる

夏草やいまだ砲弾出づる庭

夜光虫まとひダイバー浮き上がる

大佐渡は潮けぶりして雲の峰

良寛堂裏に着替へて泳ぎけり

誘蛾灯薄るる始発電車かな

夏逝くや風が吹いても鳴る楽器

草市のとぎるる橋のたもとかな

七丁目はづれに出たる露の坂

生国の風に裾引く切籠かな

枝折戸を打ちてはこぼれ萩の花

寝袋を振れば這ひ出て放屁虫

社宅みな同じ間取りよ秋刀魚焼く

今朝からの規則正しき威銃

魞壺にか黒き鳥や神の留守

シンデレラ城に棲みたる虎落笛
これやこのおとぎの国の耳袋

久高島

冬凪や海蛇燻す烟立ち

岬鼻に教会見ゆる水仙花

第五章　寄り鯨

令和四年

打ち合へる気息の合うて羽子日和

寒泳を果たし全身湯気上ぐる

おもむろに御ゐど揺らして投扇興

松過ぎのおかかの躍る饂飩かな

探梅のひとりは気象予報官

風花やあをあをとある物の影

アリーナに落ち合ふバレンタインの日

夕潮の沖波伸びて白魚汲

雛少し寄せて給食献立表

詩人には詩人の歩調木の芽山

花の杖西行庵に引き返す

帯留の転がつてゐる花疲

霞む日の京のはづれを舟下る

門川に歩板渡して菊根分

城濠の見ゆる本屋に春惜しむ

隠岐　三句

断崖に深き入江や都草

黒南風や岩のやうなる牛の肩

角突きの牛も屋号で呼ばれけり

御陵は鷺山となり走り梅雨

桑熟れて古き村の名消えにけり

神棚に向く大竈《くど》の涼しさよ

新妻の小胸めがけて早苗束

アトリエに丹砂の小瓶守宮啼く

簗番のぱちんこ百発百中と

飛び板のしなりに素足揃ひゆく

順礼の手拭ひ干され月見草

かなかなや海より暮るる千枚田

いつ死ぬのと孫に問はるる敬老日

みづうみの浜砂瘦せず秋の鮎

豊年の糊の効きたる法被かな

牛飼と手話の交流文化の日

泣き声に乳張り来たる夜なべかな

神立の色よく出たる小豆飯

御一新からの屋号や酉の市

よろぼひて日なたの崖を冬の蝶

熊の皮敷きて選句をしてをられ

梟の月に親しき貌となる

法灯を引き継ぐ少女冬すみれ

令和五年

すみのえの沖に十尋の寄り鯨

片肌の一の矢二の矢息白し

たちまちにゲレンデの子を見失ふ

分校の生徒に出会ふ探梅行

湯たんぽを抱き登校をしぶりゐる
縁側にもののあふるる四温晴

芽めうがに作占うて明日の春

針祭るひと日を沖に目を休め

宮大工来て雛段を組み始む

日迎やバスの終点からの道

屋根替へて晋山式を迎へけり

草朧かつて百坊在りし日も

汐桶に貝の鳴きゐる目借時

鉄橋に日のまはり来る猫柳

沢蟹を猫待ち伏せる閼伽井かな

牡丹や天日見ゆる山の雨

孑孑や檀家離れの進む寺

短夜の町を運河の貫けり

船頭の遠く見守る鳰浮巣

買ひたての枡に汲みたる噴井かな

山巓は雲突き抜けて夏祓

磯桶に少女の名前夏の潮

老人の疲れを見せぬ水着かな

避暑の子にツリーハウスの道しるべ

水接待して広げたる遺品かな

おとなびて来たる肩幅門火焚く

地蔵会のおとうとの手を離さざる

秋蟬に帰り支度を始めけり

芋虫の下品下生の太りやう

無花果や鼻の大きなトルコ人

見開きに遺墨の一句秋のこゑ

床下に鈴虫のゐる奥座敷

山女《やまひめ》を引き合ふをんな二人かな

かたはらの椅子空いてゐる十三夜

直越えに見送る夕日翁の忌

落葉掃き合うて老いたり隣組

風呂吹の眼鏡外せし素顔かな

乳母車ずらりと並ぶ忘年会

句集『気息』畢

あとがき

第二句集『気息』は、平成二十五年から令和五年までに得た句から三百五十六句を選んだものです。

いつしか第一句集『七野七種』上梓から十年が経ちました。

その間に師と仰いでまいりました先生方はいずれもご高齢により、鬼籍に入られたり、施設に入られたりでお会いできなくなりました。

また令和二年早春からの長期に及ぶコロナ禍において、不安の拭えない出来事が私の身ほとりでも続きました。

そうした自粛の日々に、超結社のオンライン句会のお誘いは、大変有難いものでした。とにかく振り落とされないように、課題の句作に励む日々でしたが、大変よい経験と勉強をさせていただきました。

この新たな「座」を通じて、ネットの向こうにいる句友との互いの「気息」

をより強く意識するようになり、何よりもその交感が私の心の安定につながったような気がいたします。

ここに句集『気息』を上梓し、これまでお関わり下さいました多くの諸先輩方や句友の皆様に、深く感謝の意を表したいと思います。

「運河」主宰、谷口智行先生には平素のご指導に加え、お忙しい中、貴重なご助言と帯文を賜りました。厚く御礼申し上げます。

この度の句集刊行に際しましては、ふらんす堂の皆様に一方ならぬご尽力を賜りました。誠に有難うございました。

令和六年　虹始めて見る日に

山内節子

著者略歴

山内節子（やまうち・せつこ）

昭和29年　大分県生まれ
平成15年　茨木和生に師事
平成26年　句集『七野七種』上梓
現　在　「運河」天水集同人、「晨」同人
　　　　俳人協会評議員、大阪俳人クラブ会員
　　　　大阪俳句史研究会会員

現住所　〒547-0032　大阪市平野区流町3-14-1

句集　気息　きそく

二〇二四年一一月三日　初版発行

著　者――山内節子

発行人――山岡喜美子

発行所――ふらんす堂

〒182-0002 東京都調布市仙川町一―一五―三八―二F

電　話――〇三（三三二六）九〇六一　FAX〇三（三三二六）六九一九

ホームページ https://furansudo.com/　E-mail info@furansudo.com

振　替――〇〇一七〇―一―一八四一七三

装　幀――君嶋真理子

印刷所――日本ハイコム㈱

製本所――㈱松岳社

定　価――本体二八〇〇円＋税

ISBN978-4-7814-1684-7　C0092　¥2800E